Nantu, Aujujai

Nantu nuya Aujujai najanarmauri

Nantu y Auju

De cómo la luna y el pájaro Potoo fueron creados

Nantu and Auju

How the Moon and the Potoo Bird Came To Be

mito contado por/myth retold by

Alejandro Taish Mayaprua

aujmattsamu

Arutam Press, 62 Ave Maria, Monterey, CA 93940 USA
Printed in China

Publisher's Cataloging-in-Publication
Mayaprua, Alejandro Taish.
Nantu, Aujujai : Nantu nuya Aujajai najanarmauri = Nantu y Auju : de como la lunay el pajaro potoo fueron creados = Nantu and Auju : how the moon and the Potoo bird came to be / Alejandro Taish Mayaprua
p.cm.
In Achuar, English and Spanish
SUMMARY : Retelling of the Achuar creation myth about how greed caused Nantu and Auju, a hunter and his gardener wife, to separate. Nantu become the Moon and Auju become the Potoo Bird, and their separation caused Heaven and Earth to separate. Also contains explanations and illustrations of aspects of Achuar culture.
Audience : Grades K–8
LCCN 2003112235
ISBN 0-9745477-0-0

1. Achuar Indians—Ecuador—Folklore. 2. Achuar mythology—Ecuador—Juvenile literature. [1. Achuar Indians—Ecuador—Folklore. 2. Achuar Indian—Ecuadors—Religion. 3. Polyglot materials.] I. Title.

F3430.1.A25M392004 398.2'098664'02
QB133-1727

Concepto original/Original concept: Maria Isabel Endara, Cristina Serrano
Mito contado por/Myth retold by: Alejandro Taish Mayaprua
Publicista, Editor/Publisher, Editor: Elizabeth Murray, elizabethmurray.com
Director del Proyecto/Project Manager: Tom Burt
Director de Arte/Art Director: Elizabeth Murray
Directoras en Ecuador/Ecuador Directors: Maria Isabel Endara, Cristina Serrano
Traducción, Corrección/Translating, Editing: Rafael Antuash, Maria Isabel Endara, Lucía Paz y Miño de García, Juan Carlos García, Luis Kawarim, Alejandro Taish Mayaprua, Graciela Martínez de Rodriguez, Cristina Serrano, Jorge Chino, Kajwyn Berry, German Vargas
Diseño/Designer: Lynn Bell, Monroe Street Studios, MonroeSt.com
Financiamiento/Funding: Angeles Arrien Foundation, Lynn Bell, The Brimstone Fund, Tom Burt, Ron Dunham, Steven K. Fox, Judith Magier and Paul Fribush, Global Voice, Elizabeth Murray, George and Claudette Paige, Lynne and Bill Twist, Kimberly White
Imprenta/Printing: Precision, precisn@pacbell.net
Separación de Colores/Color Separations: Color Paramount, Petaluma, CA

FINAE representa alrededor de 6,000 indígenas Achuar, y es una organización política de gestión ante el gobierno para exigir el apoyo y cumplimiento a las reformas económicas, culturales y de protección de su Territorio. / FINAE represents 6,000 Achuar people, lobbying the government in support of their economic and cultural sustainability and the preservation of their Territory.

Los ingresos de la venta de Nantu y Auju financiarán futuros proyectos educacionales en el territorio Achuar. / All proceeds from the sale of Nantu and Auju will be used to fund new educational projects in the Achuar territory.

Impreso en papel reciclado y con tinta de soya. / Printed on recycled paper with soy ink.

Agradecemos a los siguientes estudiantes y maestros del colegio TUNA de la comunidad de Kapawi, quienes contribuyeron en la creación del presente libro.

We give special thanks to the following students and teachers at the TUNA school in the Kapawi community who contributed to the creation of the illustrations in this book.

Napampa Awuarmas
Nantu Canelos
Luis Chiriap
Nunkui Chiriap
Janet Dahua
Pablo Dahua
Angel Etsaa
Margarita Etsaa
Martha Etsaa
Nukas Etsaa
Mario Gualinga
Miguel Gualinga

Mashiant Kuja
Wananch Marian
Alfredo Mukucham
Narankas Mukucham
Santiak Mukucham
Irar Mukucham
César Palora
Humberto Palora
Pascual Palora
Antonio Pitiur
Olga Pitiur

Carijano Saant
Oswaldo Shakai
Tayujint Sumpa
Wajai Sumpa
Santa Tentets
Teresa Tentets
Ana Tentets
Chikuish Tentets
Margarita Tentets
María Tentets
Kasep Tseremp

Cristina Uyunkar
Jiyunt Uyunkar
Pedro Uyunkar
Tiyua Uyunkar
Abel Vargas
Jesica Vargas
Johana Vargas
Letty Vargas
Martha Vargas
Milton Vargas
Norma Vargas
Ricardo Vargas

Hna. Concepción del Carmen Torres
Hno. Efraín Silvia

Prof. Onofre Ruíz
Prof. Valerio Gualinga
Hna. Fausta Rosales

Prof. Patricio Gualinga
Hna. María Alexandra Tamayo

Para conocer más sobre los Achuar, visite la página pachamama.org. La Alianza Pachamama es una organización sin fines de lucro que trabaja conjuntamente con los Achuar apoyando a la conservación del bosque tropical. Descubra cómo ayudar y visitar a los Achuar en el Albergue Kapawi (kapawi.com), proyecto ecológico de desarrollo sostenible.

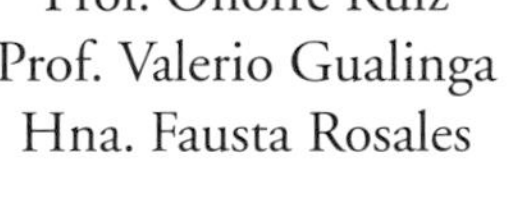

To find out more about the Achuar, visit pachamama.org. The Pachamama Alliance is a non-profit organization that works in partnership with the Achuar to help preserve their rainforest. Discover ways to be of service to the Achuar as well as how to visit them at Kapawi Lodge (kapawi.com), their sustainable development ecolodge project.

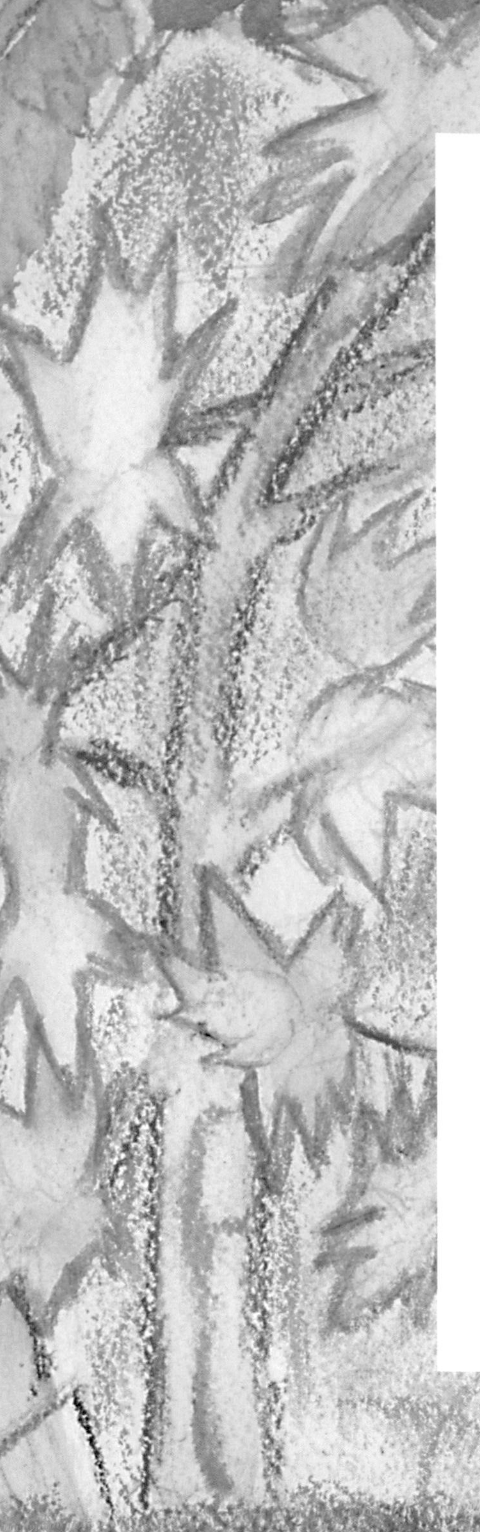

Introducción

Nantu y Auju, De cómo la luna y el pájaro Potoo fueron creados es un mito del pueblo Achuar del sur de la Amazonía del Ecuador. Los Achuar son un grupo indígena que vive en armonía con la naturaleza. En vez de ciudades, pueblos y parques, los Achuar viven y protegen aproximadamente 750.000 hectáreas de bosque húmedo tropical. Ninguna carretera ha sido construida, no existen automóviles, ni televisiones, ni computadoras.

Los Achuar viven de los sueños. Se despiertan temprano en la mañana para compartirlos con sus familias, y basan las decisiones importantes de sus vidas de acuerdo a su interpretación. Esta costumbre diaria se complementa con el relato de mitos tradicionales. Esta práctica oral ha permitido que el conocimiento ancestral de los Achuar se mantenga vivo a través de milenios.

El propósito de este libro es contribuir a la preservación de este mito dentro del pueblo Achuar para que continúe siendo transmitido de generación a generación. El español es el segundo idioma de los Achuar y en la narración de este mito se conserva expresiones típicas del lenguaje hablado por ellos. Adicional al idioma Achuar, *Nantu y Auju* ha sido escrito en español e inglés para transmitir y compartir la sabiduría de los Achuar con el resto del mundo.

Alejandro Taish Mayaprua, un líder Achuar, escribió su propia versión de *Nantu y Auju* en achuar y español. Estudiantes de entre 10 a 20 años de edad de una escuela ubicada en la selva amazónica crearon todas las ilustraciones, usando por primera vez pinceles y colores de acuarela y pasteles. En la cultura Achuar las pinturas son hechas con finas ramas de palmas y tintes de varias plantas que se utilizan para decorar sus cerámicas y pintar sus rostros. Cada ilustración de este libro revela el estilo de vida tradicional de los Achuar.

Nantu y Auju nos recuerda y enseña la importancia de la honestidad y la generosidad, en el mundo hay suficiente para todos. Nuestra intención es que este libro contribuya a la preservación y aprecio de la cultura Achuar y del bosque húmedo tropical.

Tom Burt, Maria Isabel Endara, Elizabeth Murray y Cristina Serrano

Introduction

Nantu and Auju, How the Moon and the Potoo Bird Came to Be is a creation myth from the Achuar people of the Amazon rainforest in southern Ecuador. The Achuar are an indigenous culture living in harmony with nature. Instead of cities, towns and parks, they live in and care for two million acres of pristine rainforest. No roads have been built, there are no cars, no televisions, no computers.

The Achuar are a dream culture. They wake up early in the morning to tell their dreams to their family. Then they make important decisions in their life according to the wisdom of their dreams. After dream sharing, the elders tell myths to the children. The Achuar's oral tradition has kept all their collective wisdom alive and vital for thousands of years.

The purpose of this book is to support the passing of this myth from one generation to the next. Spanish is the second language for the Achuar. *Nantu and Auju* preserves the Achuar's dialect of Spanish to honor their culture. The myth is written in three languages so that the Achuar's perennial wisdom can spread to the modern world.

Alejandro Taish Mayaprua, an Achuar leader, wrote down his version of this myth in Achuar and Spanish. Achuar students, 10–20 years old, from a school in the rainforest enthusiastically created these beautiful illustrations using for the first time, modern world watercolor paints, pencils and pastels. In Achuar culture, painting is done with fine sticks from a palm tree and plant dyes to decorate their ceramics and faces. Each magical illustration depicts their traditional lifestyle today.

Nantu and Auju reminds us of our interconnected world and the importance of honesty, and of sharing—that there is enough for everyone. Our intention is that this book contributes to the preservation and appreciation of the Achuar culture and their rainforest.

Tom Burt, Maria Isabel Endara, Elizabeth Murray and Cristina Serrano

Yanchuik aujmatsamunam awai, pujuarmiayi nuwa shiram ni nainkia Auju nuyá kíchik aishmank takákmin Nantu naintin. Ikiam pujú armiayi. Nui wainnaikiar wakerunikiarmiayi. Nuwatnaikiar emkaka warasar pujusarmiayi. Nantuka wakeriniuyayi eámkatniun tura aujuka arakmatniun wakeriniuyayi, ni arakrinkia ju armiayi yuwí, minchu, mama nuyá tikich iruna nu.

Cuenta la leyenda que en tiempos muy antiguos existieron una mujer muy bonita llamada Auju y un hombre muy trabajador llamado Nantu. Vivían en la selva tropical donde se conocieron y enamoraron. Luego se casaron y vivieron muy felices durante algunos años. A Nantu le gustaba ir de cacería mientras que Auju se dedicaba a cultivar su *aja,* la huerta en la que sembraba zapallos, plátanos, yuca y otras frutas.

Long, long ago there was a very pretty woman named Auju and a hard working man named Nantu. They lived in the beautiful rainforest. Auju and Nantu fell in love and got married. In the beginning they were very happy. Nantu loved hunting while Auju enjoyed gardening. She grew squash, bananas, and manioc and other food in her *aja* (garden).

Nantuka kashik weuyayi eamuweak, tura tiniuyayi ni nuwén: “Yurumak iwiaram pujutá wi tamam, ushuaran tatatjai nekaska yuwí katsuaru, wi wakerutirua nu.”

Todas las mañanas, cuando Nantu salía de cacería, decía a su esposa Auju: “Ten la comida lista a mi regreso porque llegaré hambriento, especialmente el zapallo maduro que es mi favorito.”

Nantu went hunting every morning. Before leaving he would say, “Have the food ready when I return; especially the ripe squash, it is my favorite.”

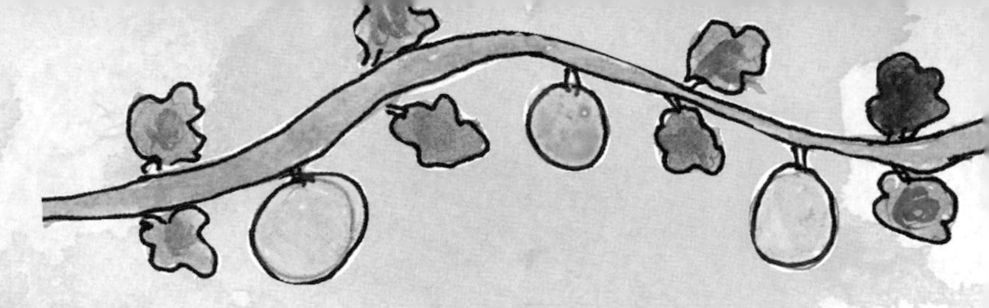

Tura Nantuka aanku yawer nuya ushuar waketmiayi, Aujuka susamiayi yuwí kuirán ni wakerechmia nuna. Nuyanka Nantuka kajerak timiayi: "Wi yuwí katsunku juukan ukukmiajancha, itiurkamua yuwí timia kuirsha suram?" Ni ayak timiayi: "Tsankurturta juke juaki. Ni yuwachiash tuu inintimturaip. Itiurak timia wariksha yuwataj? Wener timía shitiuchijiaisha! Ame weu irastas taarmai tura seátiarmai yuwí katsunku ajamrusai tusar; turamti ajamsaran akupkarmajai."

Un día que Nantu regresó cansado y hambriento, Auju sólo le ofreció zapallo tierno. A Nantu no le gustó y le reprochó diciendo: "¿Si yo dejé escogiendo los zapallos maduros, cómo me das zapallos tan tiernos?" Ella le contestó diciendo: "Discúlpame, pero es todo lo que queda. No pienses que yo los he comido. ¿Cómo voy a comer tan rápido teniendo una boca tan chiquita? Tus familiares llegaron de visita y me pidieron que les regalara los zapallos maduros y yo les regalé."

One day when he returned tired and hungry, Auju gave him only unripe squash. Nantu did not like this! He complained, "Why did you cook me the worst squash in the garden?" Auju answered, "I'm sorry, it was all that we had. Don't think that I ate it. How could I eat so fast? I have such a small mouth! Your relatives came to visit and I gave them the best squash as a gift."

Turash nekaska ninkia wené juuntan takakuyayi turayat yantarinka aparmaun turak aishrinka anankniuyayi. Yuwataj takunka wenenka atir kichík apank mash yuwinka amuyayi. Yuwa umiska wenenka yaitmatik apauyayi ajapen shitiuchin aanka ukuak.

La verdad es que ella tenía una boca tremendamente grande y se la había cosido a los lados para convencer al marido de que no comía mucho. Solo cuando quería comer rápido, se descosía la boca y se embutía todo el buen zapallo. Al terminar, se volvía a coser cuidadosamente la boca, dejándose un pequeño orificio.

But in truth her mouth was tremendously big. She had stitched it up on both sides to convince her husband that she couldn't eat much. But, when she wanted to eat a lot in a hurry, she would take out the stitches, and gobble up all the good squash! Afterwards, she would carefully sew her mouth up again, leaving only a small opening.

Atáksha kich kintiatin Nantuka eamuweak wemiayi. Turak nuwenka yuwí katsunku awim pujutá wi waketmamka tinia juuk ukukmiayi yuwinka. Turasha aanku ni tamti Aujuka yuwí kuir awimiun tsueran susamiayi! Tura aishrinka warík ujakmiayi: "Ame eamuweakum jinkimiamena nui ukunmak ame awem taarmai tura seatiarmai yuwí katsunkun, turamti ajamsan akupkarmajai."

La mañana siguiente, antes de irse otra vez de cacería, Nantu escogió los zapallos maduros. Le pidió a su esposa que se los cocinara de la manera que le gustaban. A su regreso por la tarde, Auju le sirvió otra vez un zapallo tierno. La esposa le explicó apresuradamente: "Cuando saliste de cacería, atrasito llegaron tus sobrinas y me pidieron que les regalara los zapallos maduros. Yo les regale."

The next morning, before Nantu went hunting, he chose a ripe, golden squash. He asked his wife to prepare it the way he liked. When Nantu returned hungry, Auju served him unripe squash again! She quickly explained, "After you went hunting, your nieces arrived and asked me to give them the ripe squash as a gift. So I did."

Tura junaka tuke anaankin wemiayi turamti ushurin Nantuka ítit nekapramiayi pee anankam, turak nuyanka nuwén inítian juarkimiayi: “Amek yuwikia yuame!” Turasha ninkia waitrimiayi: “Ni yúwatjai tu nintimturaip? Wener timia shitiupchijiaisha yuwí timia nukapnash itiurak amuktaj.”

La misma historia se repetía una y otra vez. Nantu se comenzaba a poner hambriento y molesto. Un día protestó diciendo a su esposa: “¡Tú misma te has de comer los zapallos!” Pero ella contestaba mintiendo: “¿Cómo voy a comer tantos zapallos, teniendo una boca tan chiquita?”

Over and over this would happen. Nantu was getting hungry and angry. He complained to his wife, “You must have eaten the squash yourself!” But she would lie, “How could I eat so much squash? I have such a small mouth.”

Kich kintiatin Nantuka nuwé waitrin tsantrachmiayi turak itiurak nekawaintia tusa inintimramiayi. Turak nuwén timiayi eamuweajai ataksha, tinia ikiamka wetsuk ajá tsukintrin uumak juwakmiayi tura Auju ajanam weamti wakettsan piírkanam wakamiayi, Auju itiurawak nuna nekatas.

Un día, Nantu no aguantó más y se puso a pensar cómo descubrir la verdad sobre el zapallo maduro. El dijo a su esposa que se iba de cacería temprano pero, en vez de ir a cazar, se subió a la repisa en la cocina, a espiar a su esposa. Nantu quería ver por si mismo lo que hacía ella mientras él no estaba.

One day Nantu couldn't stand it any more and thought of a plan to discover the truth about the missing ripe squash. He told his wife he was going hunting early but instead, he hid himself on top of the kitchen shelf to spy. He wanted to see for himself what his wife did while he was away.

Ajanmaya Aujuka tamiayi yuwí katsunkun met chankinnum ipiak. Tura warik awí yuwinka jíniam ekenak tiniuyayi warik narukat tusa: "ja naru, ja naru." Jinmaya eneksha timiayi: "ja miki, ja miki," tutai warik mikirmiayi, turamti wenenka atitian juwarkimiayi, wenenka shitiuwach au junt wajasmiayi. Tura umis warik yuwamiayi aishrinkia tachain.

Auju regresó de la huerta con muchos zapallos maduros en su canasta o *chankin.* Enseguida empezó a cocinar los zapallos y mientras los ponía en el fuego les decía: "*ja naru, ja naru (*cocínate, cocínate rápido)," y así se cocinaron muy rápido. Les sacó del fuego y también les dijo: "*ja miki, ja miki* (enfríate, enfríate rápido)," y así se enfriaron rápidamente. Luego empezó a descoserse la boca, que de muy pequeña se volvió muy grande. Al instante devoró todo el riquísimo zapallo, antes de que Nantu regresara y descubriera su secreto.

Auju returned from the garden with her *chankin* (basket) filled with many fine ripe squash. She began cooking the squash right away. While she laid them in the fire she said to them, "*ja naru, ja naru* (cook, cook fast)," and so they cooked very fast. She took them out of the fire and said, "*ja miki, ja miki* (cool off, cool off fast)," and so they cooled off very fast. Quickly she undid the stitches around her mouth. Instantly, it turned into a very big greedy one! In seconds, she gobbled up all the delicious squash. She hurried before Nantu could come home and discover her secret.

Nantuka uumruk wainkamiayi mash Auju turimia nuna, tura kajék jinkimiayi jeanmayanka.

Pero desde su escondite, Nantu había visto todo. Triste y desconsolado, salió de la casa.

But, from his hiding place, Nantu had seen everything. He left the house feeling very sad.

Nantuka yama Auju ichinknant eneai tamiayi tura tachaunum tsueram wat ukati apujtusmiayi aishrintka. Nantuka yuwín nekapes jís, turasha tsuer nuyá michu amati inimiayi nuwén: "Itiurkaman yuwí katsunkun juukan ukukmiaja nusha?" Auju ayak timiayi amé weu tarmati ajamsarmajai.

Nantu regresaba justo cuando Auju sacaba del fuego la olla antigua de barro en la que los Achuar preparan sus alimentos llamada *ichinkiant*. Auju le sirvió zapallo tierno en el plato de barro, *tachau*. Nantu probó el zapallo que tenía un sabor horrible. Entonces preguntó a su esposa: "¿Qué pasó con los zapallos maduros?" Auju le contestó: "Les regalé los mejores zapallos a tus familiares otra vez."

Nantu returned just as Auju pulled out the *ichinkiant* (ancient clay pot used for preparing the food) from the fire. She placed it on the *tachau* (clay plate), and offered the unripe squash to her husband. Nantu took a bite and it tasted awful! He demanded, "What happened to the good squash?" Auju said, "I gave the best squash to your relatives again."

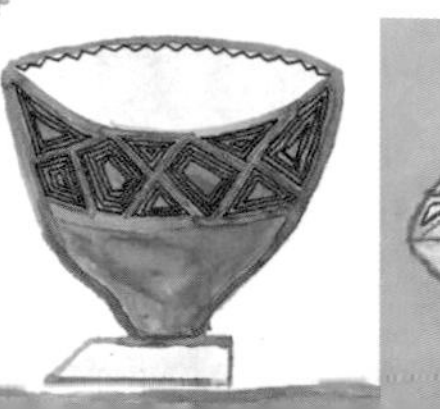

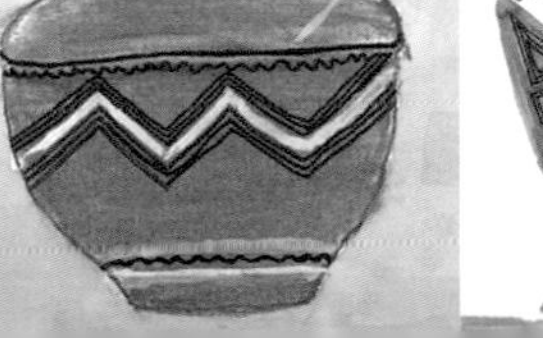

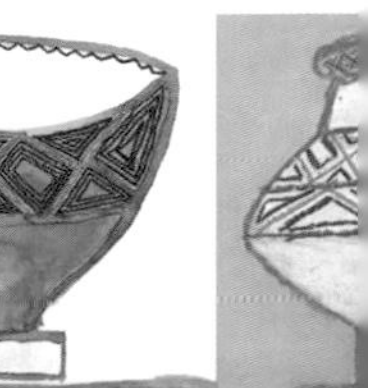

Nantuka yanch wainkau asa, iniaisamiayi nekasmek táme tusa waitrutsuk etserkata. Tura ninkia waitrimiayi, turamti Nantuka achik wenenka atittramiayi nekasash wené timía shitiuchit tusa nuyá tachau tsueran júrusank ukatramiayi. Turam Aujuka kakantar juutmiayi waitri nekaram nuyá wene juunt wajatkim. Nantuka penké kajek timiayi Aujun: "Yamaiya jui ajapnayatai." Tinia, umis ni warinchurin nuyá ni akikrin mash juukmiayi nayaimpiniam wakatas.

Como Nantu sabía que su esposa estaba mintiendo le rogó que dijera la verdad. Como ella se negaba a decir la verdad, Nantu le descosió la boca para comprobarle que la había visto. Al sentirse descubierta, Auju se puso a llorar y a gritar. Muy desilusionado, Nantu le dijo a Auju: "¡Desde este instante nos separamos!" Sin pérdida de tiempo, empacó sus cosas para subir al cielo.

Nantu knew she was lying because he had seen her secret. He begged Auju to tell him the truth. She refused, so Nantu undid the stitches around her mouth to prove what he had seen. Auju started to scream and cry because she was caught lying. Nantu was extremely disappointed and told Auju, "From this moment on, we are no longer married!" Without delay, he packed his belongings, and began his journey up to heaven.

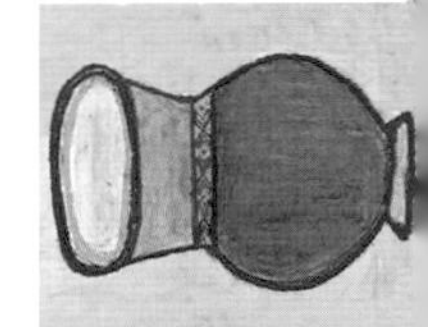

Nu kintiatinka nunkaka Auju Watairi netakuyayi nayaimpijiai. Nu kankapek aintska wau armiayi jainiakka tura tsuamin armiayi. Aints jakaruncha yaki jukiar atsain armiayi. Nayaimpinmaka entsa wincha au tiniu ainiawai, nui maíniar tura jakaunka imiainiar atsain irunin. Tura aintsank nu kankapek irau ainiau nayampinmaka ni weaurijiai.

En aquellos tiempos la tierra se conectaba con el cielo por medio de una liana que se conoce con el nombre de escalera de mono y que en Achuar se llama *Auju Watairi.* Por medio de esa liana la gente subía al cielo cuando estaba enferma y se curaba. A la gente que había muerto también le enviaban al cielo y le hacían revivir. Se cuenta que en el cielo había un río de agua muy cristalina donde se bañaban el enfermo o el muerto y se curaban. La otra gente también sabía visitar el cielo a través de esta liana.

Back in those times, planet earth was connected to heaven by the monkey ladder vine known in Achuar as *Auju Watairi.* Sick people used this vine to climb to heaven to get healed. People who had died were also sent to heaven by way of the monkey ladder to be returned to life. Ancient stories tell that there was a river of transparent water in heaven where the sick and dead were bathed to restore their health. Other people also used this vine to visit heaven.

Aujusha aishrun nemartiaj tusa warinchuri juutan nankamamiayi, chankintrin chumpimiayi, tachau, pinink, unkuship, yukúnt, ichinkiant, kuiship. Nuyá pura kitiun pushan ainia nunash mash juuk chankintrinka piakunak chumpimiayi, tura kích ainiaunka yuwamiayi ukukíj tusa.

Auju quiso apresurarse y seguir a su esposo pero no sin antes recoger todas sus pertenencias y llevarlas consigo al cielo. Empezó a recoger todo lo que poseía y a ponerlos en la canasta, los tazones nuevos y viejos para tomar la *chicha,* tazones para tomar la *guayusa,* sus vasijas grandes y una olla para cocinar. Inclusive empacó los esmaltes de varios colores que usaba para pintar su cerámica. Aunque la canasta se desbordaba, ella seguía poniendo más cosas. Para no dejar nada atrás, decidió comerse las arcillas de colores que le quedaban.

Auju wanted to hurry and follow her husband. But she insisted on taking all her things with her to heaven. She gathered everything she owned and placed it inside her basket, including new and old bowls for drinking *chicha,* bowls for drinking *guayusa,* large storage containers, and a cooking pot. She even packed clay glazes of different colors she used for painting ceramics. Even though her basket was overflowing, she continued gathering more things. She even ate her remaining clay of various colors to leave nothing behind!

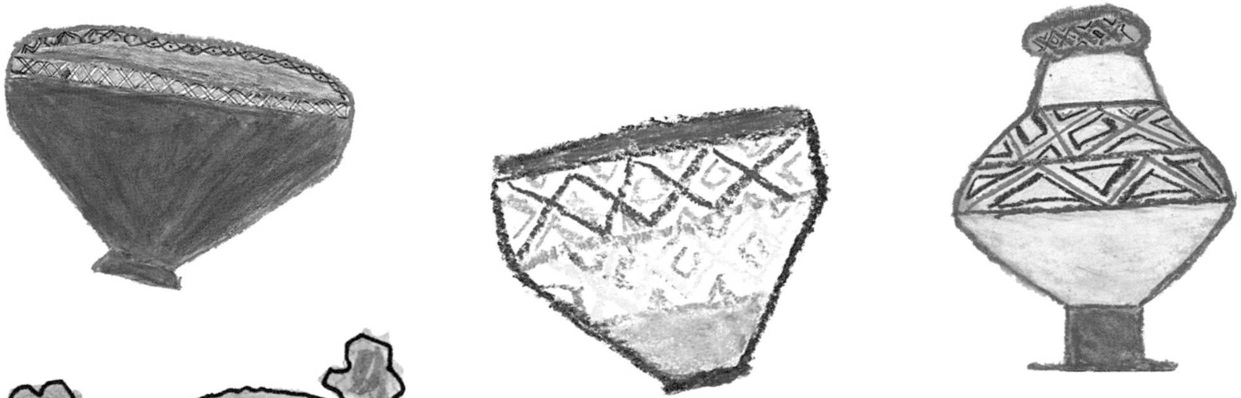

Mash umik nisha watan juarkimiayi nayaimpiniam ni aishiri ukurinink.

Finalmente, Auju emprendió el viaje al cielo para seguir a su marido.
Finally, she began following her husband.

Turasha Nantuka yanch wakau asa ni amikrin Winchinkiun untsukmiayi kankapen napurat tusa. Turayat Wichinka naichiri penké shitiuwach asa kankap napuratniun tujintmiayi.

Turamti Nantuka kich amikrin Kunampen untsukmiayi kankapen napurat tusa ni naijiai, Auju wakaink tinia. Ni wajaarmia nui penké Auju yuntummiayi, turamti kunampka met napuramiayi kamkapnaka. Turamti kankapka put[1] emermarijiai. Turamti Aujuka ayaimiayi ni mash jukí wemia nujai tura nunka ayar: "Aishrua, aishrua, aishrua, wakura ukuram, ukuram?" Tu jutiatkama Auju, ju, ju, ju, ju, ju tu jutin tiniu ainiawai.

Nantu había subido bastante alto y ya casi había llegado al cielo. Cuando miró hacia abajo se dio cuenta que su esposa empezaba a subir también. Entonces, Nantu invitó a su amigo *Wichink,* la pequeña ardilla voladora, que cortara la liana con sus dientes. Pero como la ardilla tenía la boca y los dientes demasiado pequeños, no pudo cortar rápido.

Desesperado, Nantu pidió a su otro amigo *Kunamp,* la ardilla grande, que cortara la liana con sus dientes filudos y así impedir que subiera Auju. Cuando Auju ya estaba acercándose donde ellos se encontraban, *Kunamp* dió un último mordisco y la liana se partió en dos debido al peso de Auju. La pobre Auju empezó a caer con todas las cosas que cargaba. Mientras caía lloraba y gritaba: "Aishrua, aishrua, aishrua, waruka ukuram, ukuram? Marido, marido, marido, ¿por qué me dejas, dejas?"

Nantu had already climbed up the monkey ladder vine and almost reached heaven. He looked back and saw Auju as she began to climb. Nantu asked his friend *Wichink,* a small flying squirrel, to cut the vine with his teeth. But he couldn't cut fast enough because his mouth and teeth were too small.

A desperate Nantu asked his other friend *Kunamp,* the great squirrel, to cut the vine with his sharp teeth to prevent Auju from following him. Just when Auju was getting close to them, *Kunamp* took the last bite. The vine snapped in two from Auju's weight. Auju fell down with all the things she was carrying. While she fell, she cried out loud, "Aishrua, aishrua, aishrua waruka ukuram ukuram? Husband, husband, husband, why do you leave me?"

Nantuka nayaimpiniam wajatas jii wajatu asa, surut usukir junis yuminkramiayi: "Nuwa naki wait aishri ananku pujús Auju najanaru tumai arumiam, ni iwiakmaun mash chinkinmaya naki áchakria. Yamaiya juu kashi

Nantu, que estaba viendo todo desde el cielo, le sopló una maldición diciendo: "Que la mujer vaga y deshonesta sea convertida en pájaro nocturno, ¡el Potoo!, y que toda la vida sea el pájaro más vago de todos. Desde hoy comerás mariposas nocturnas porque de día nunca volarás, y cada vez que salga la luna llena cantarás para recordarme y revivir esta historia a todas las generaciones de Achuar." Después de decir esto Nantu subió al cielo y se convirtió en la luna que actualmente conocemos.

shimpiampu yurumar pujurmachkuria tsawaikia wekachkur, Nantu nayantumau metek winia inintimtursam juutin ata aints ukunam akininiausha ju aujmatsamunka ipiampararti." Nuna tinia umis Nantu najanarmiayi nayaimpiniam yamai wainji nu.

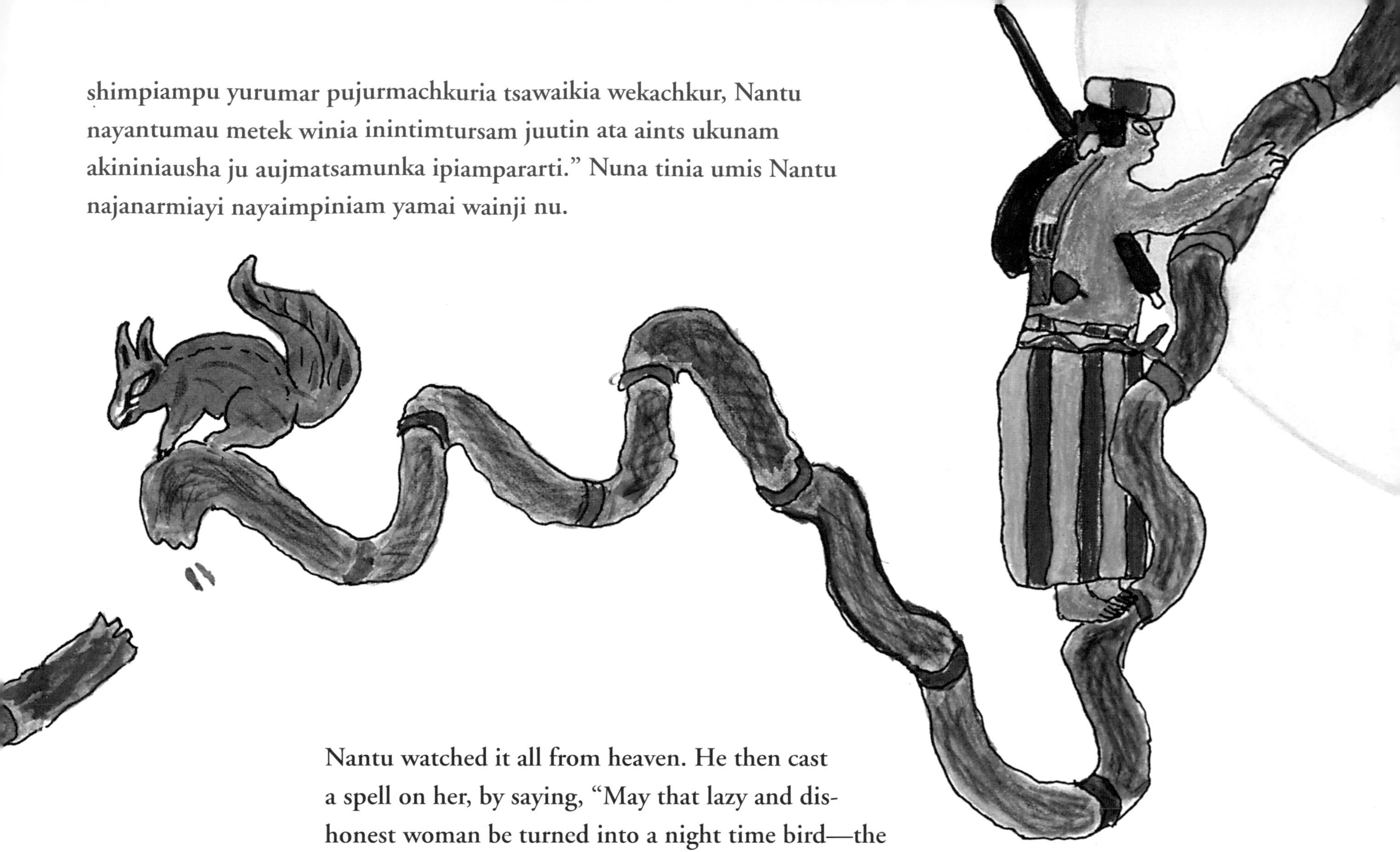

Nantu watched it all from heaven. He then cast a spell on her, by saying, "May that lazy and dishonest woman be turned into a night time bird—the Potoo!—the laziest of all birds. From now on, you will feed only on moths at night and never fly during the day. Whenever the moon is full, you will come and sing this story so that it is passed on to all future Achuar generations." After saying this, Nantu became the moon as we know it today.

Aujuka nunka ayar juutiatkama: "Auju, ju, ju, ju, ju." Tau tiniu ainiawai. Kich ajapé chinki najaru, kich paenka nunka entsa jiniarmaunam ayar núwe nuyá pushan ainia nu najanarmiayi, nuna yamaiya nuwaka pininkian, muitsan, nuyá tachau iruninia nuna najanin ainiawai.

De pronto, mientras Auju caía al suelo, parte de ella se convirtió en el pájaro Potoo y empezó a cantar: "Auju, ju, ju, ju, ju." El resto de su cuerpo cayó cerca de los riachuelos y ríos, convirtiéndose en arcilla *nuwe* de colores. Hoy en día, los Achuar usan esta arcilla para fabricar vasijas.

Suddenly, as Auju was dropping toward the ground, parts of her turned into the Potoo bird, and she began calling, "Auju, ju, ju, ju, ju." The rest of her fell to earth and landed near streams and rivers, instantly becoming *nuwe* clay of different colors. Today, the Achuar use this clay for making ceramics.

Ichinknan jukí wemia nuka jakurarmiayi nunká ayarak, turau asamti ikiam wekasar jakamp wainji yamaiya juisha.

Kankap nayaimpijiai achitkauya nuka ayarak untsuri numiniam awenkemramiayi. Nu turunamti nayaimpikia nunkajainkia kanaku juwakuiti.

Nantuka nayaimpiniam juwakmiayi. Aujuka nunka juwakuitiai, kashi chinki naki wenep nujinkia shitiupich najanar juwakuiti. Ju chinkikia penké takakmichuiti, kashikia shimpiampu ayaarutkat tusa nakawai yuwatas, jurertasash pasunkenash takakmichuiti, aya numi kupiniakmaunam jurenuiti anujas. Nantu nayantumanti ni chichamenka jikiamrumat anturtainti, tura achuarka ni aishri wainiak jutui tiniu ainiawai.

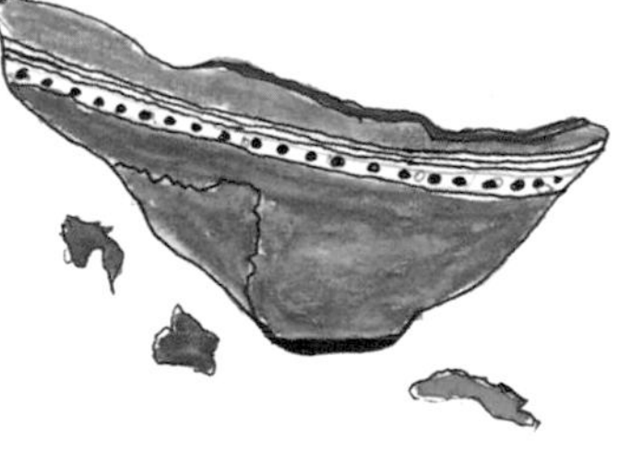

Todas sus vasijas cayeron al suelo y se hicieron pedazos. Es por eso que, muchas veces, al caminar por la selva, todavía se pueden encontrar pedazos de las vasijas rotas de Auju.

La liana escalera de mono también cayó, enredándose en las ramas de los árboles por toda la selva tropical. Desde ese momento quedó separado el cielo de la tierra hasta el día de hoy.

Nantu se quedó en el cielo convertido en luna. Auju se quedó en la tierra convertida en un pájaro vago con un pico muy ancho y grande. El Potoo nunca se mueve y sólo espera que las mariposas nocturnas se le acerquen para atraparlas fácilmente. El Potoo ni siquiera trabaja su nido, pone sus huevos en los huecos de los troncos secos. Cada noche de luna llena, al pájaro Potoo se le puede oír cantar su triste melodía. Los Achuar creen que es Auju recordando a su esposo perdido.

Her pottery hit the ground and shattered into many pieces. This is why sometimes, while hiking through the forest, one can still find pieces of Auju's broken ceramics.

The monkey ladder vine came down as well and now grows entangled among the trees throughout the tropical rainforest. From that moment on, heaven and earth came apart.

Nantu, the moon, remains in heaven, while Auju stays on earth in the form of a lazy bird with a big wide beak. The Potoo never moves about, waiting only for moths that get close enough for it to catch easily. The Potoo doesn't even build a nest, instead, it lays its eggs inside a dead tree trunk. Whenever the moon is full, the Potoo bird can be heard singing its sad song. The Achuar believe it is Auju remembering her lost husband.

Existe la creencia de que por culpa de la avaricia y las mentiras de Auju, el cielo y la tierra se desconectaron para siempre.

Así termina este mito.

Esto me contó mi abuelita cuando yo era niño.

—Alejandro Taish Mayaprua

Aintska inintimin ainiawai Auju tunaurijiai nayaimpikia nunkajainkia tuke kanaku juwakuiti tiar.

Juni amuwawai ju aujmatsamuka.

Junaka winia nukuchchir ujatkamiayi wi úchi amiajana nui.

—Alejandro Taish Mayaprua

It is believed that Auju's greed and lying caused heaven and earth to come apart. They have remained separated ever since.

This is how this myth ends.

It was told to me by my grandmother when I was a child.

—Alejandro Taish Mayaprua

Aspectos de la Cultura Achuar | Insights into Achuar Culture

La Anaconda

La anaconda es una serpiente de agua con una piel bellamente decorada que llega a crecer hasta diez metros (30 pies) de largo. La anaconda es un animal sagrado de los Achuar a la cual respetan y temen por su poder mágico que los fortalece cuando viajan en busca de arutam. Los rizados y ondulados colores negro y café de la anaconda inspiran algunas de las formas que los Achuar usan para pintarse los rostros.

Anaconda

The anaconda is a beautifully patterned water snake that often grows to 30 feet (10 meters) in length. A sacred animal to the Achuar, the anaconda is feared and respected for its magical power to give them strength when they journey to seek arutam. The anaconda's rippling waves of black and brown inspire some of the designs the Achuar use to paint their faces.

Arutam

Arutam es el poder que los Achuar reciben de la selva a través de las plantas y los animales como el jaguar y la anaconda. El Arutam les sirve a los Achuar para ganar fuerza espiritual y física, así como para predecir su futuro.

Arutam

Arutam is the power that the Achuar receive from the forest through plants and animals such as the jaguar and the anaconda. It helps the Achuar to gain spiritual and physical strength as well as the ability to foresee the future.

La Mariposa Morfo Azúl

Se cree que la gran mariposa azúl es la que contiene el alma de los ojos de una persona cuando ésta muere.

Blue Morpho Butterfly

A huge and brilliantly blue butterfly, it is believed to be the soul of a person's eyes after they die.

La Chicha

La bebida principal de los Achuar es la chicha o nijiamanch. La chicha la preparan las mujeres con tubérculo de yuca que cultivan en sus huertas. La yuca es una especie de papa de forma torcida a la cual se le lava, pela y hierve. Después de hacer de la yuca una especie de puré, las mujeres Achuar la mascan, la escupen y la dejan fermentar durante varios días. A la yuca le agregan agua antes de servirla en pequeños tazones de barro decorados.

Chicha

The main drink of the Achuar is chicha, or nijiamanch, made by women from manioc tubers grown in their gardens. Manioc, a sort of crooked potato, is washed, peeled, boiled, then pounded like mashed potatoes. Then the women chew it, spit it out, and let it ferment for a few days. Water is added before it is served in small, decorated clay bowls.

Los Sueños

Los sueños son parte importante de la vida diaria de los Achuar. Los Achuar se levantan a las tres de la mañana, toman té de guayusa para después contar sus sueños en voz alta a la gente que los rodea. Los ancianos interpretan el significado de los sueños a los demás y la gente planea su día a partir del significado de estos. Los sueños pueden llegar a influenciar si la gente va o no de cacería.

Dreams

Dreams are an important part of the Achuar's everyday life. Everyone gets up at 3 AM each morning, drinks guayusa tea, and then tells the story of their dreams out loud to everyone around them. The elders interpret the meaning of these dreams. People plan their day according to the meaning of their dreams, such as, to go hunting or not.

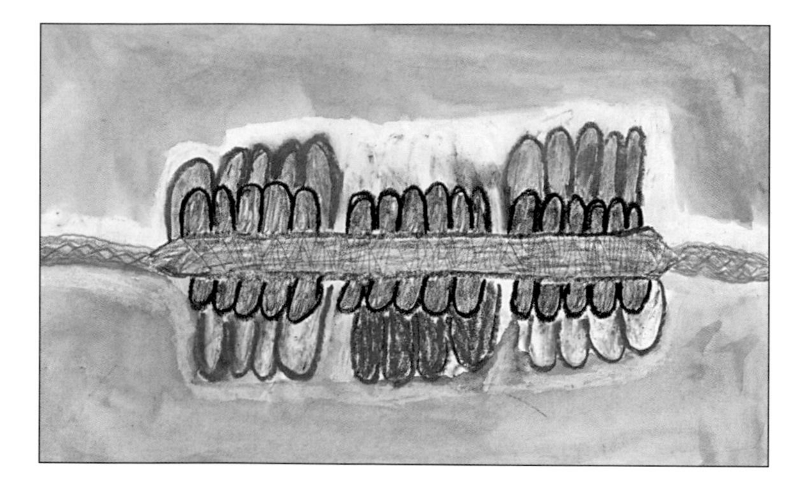

La Corona de Plumas

Los Achuar hacen una corona con plumas rojas y amarillas de tucán, plumas azules de cotinga y plumas negras de paujil. Esta corona sólo la usan los guerreros, los buenos cazadores, los shamanes y los líderes más importantes de la comunidad.

Feather Crown

A crown, created from feathers of the Toucan (red and yellow feathers), Cotinga (blue) and Paujil (black). It is worn only by men who are warriors, good hunters, shamans, or important leaders in the community.

La Huerta

Los Achuar abren un espacio para sus huertas cortando la vegetación de la selva con un machete. Estas huertas son una fuente importante de alimentos. La mujer Achuar cultiva frutas, tubérculos y hierbas medicinales en sus huertas. Mientras trabaja la tierra canta canciones llamadas anents para hacer que las plantas crezcan.

Garden

An Achuar garden is a plot of land made from hacking away the vegetation with a machete until it is cleared. These gardens provide a significant source of food. Women grow fruit, vegetables, and medicinal herbs in their gardens. As they work, they sing chants called anents to encourage the plants to grow.

El Jaguar

El jaguar es el animal más fuerte y más poderoso de la selva. Al jaguar nunca se le caza porque es una fuente importante de arutam.

Jaguar

The Jaguar is the strongest, most powerful animal of the forest. It is never hunted because it is an important source of arutam.

El Cazador con Cerbatana

Los hombres Achuar siempre han usado una cerbatana y dardos con veneno para cazar. La cerbatana la fabrican de palma y de cera silvestre. A los dardos los cubren con un veneno muy poderoso llamado curare. El curare se hace de una mezcla de plantas nativas que paraliza completamente los músculos de los animales cuando los alcanzan los dardos. A los pájaros y a los monos los cazan de éste modo.

Hunter with Blowgun

Achuar men have always used a blowgun and poison darts for hunting. Their blowgun is made from palm trees and wax from the forest. Their darts are dipped in a strong poison called curare. Curare, made from a mixture of local plants, relaxes muscles completely, thus paralyzing an animal hit by the dart. Birds and monkeys are hunted this way.

La Liana Escalera de Mono *(Bauhinia guianensis)*

La liana escalera de mono es una planta leguminosa parecida al fríjol que crece muy alto entre los grandes árboles. Los Achuar tienen la creencia de que ésta planta comunicaba al cielo con la tierra y por eso le llaman Auju Watairi, que quiere decir escalera de Auju. Así la llaman en honor a Auju quién trepó por la liana para alcanzar a Nantu.

Monkey Ladder Vine *(Bauhinia guianensis)*

The monkey ladder vine is a legume, like beans or peas, that grows very high into the tall trees. The Achuar believed that it connected Heaven and Earth. They call it Auju Watairi, meaning Auju's ladder, named after Auju, who climbed it trying to catch up with Nantu.

La Luna

Los Achuar llaman a la luna Nantu en honor al hombre que subió al cielo para convertirse luna.

Moon

Achuar call the moon, Nantu, named after the man who climbed into heaven and become the moon.

Las Caras Pintadas

Los Achuar se pintan la cara con distintas formas o dibujos geométricos antes de dar la bienvenida a sus visitantes, participar en reuniones, irse de cacería o simplemente para mirarse más atractivos. Utilizando una ramita de palma muy delgada como pincel, los Achuar se pintan formas y figuras parecidas a las plantas y animales de la selva. Sus "pinturas," hechas de tintes con extractos de plantas y de color café, rojo y negro, les pueden durar en su piel desde un par de días a un par de semanas.

Painted Faces

The Achuar paint their faces with different geometric designs before they welcome visitors, participate in meetings, go hunting or fishing, or simply to look more beautiful. With a very thin stick made from palm, they paint designs that copy patterns seen on plants and animals in the forest. Their "paints," red, brown, and black dyes made from plants, may last on their skin from one day to two weeks.

El Pájaro Potoo *(Nyctibius griseus)*

Sólo en las noches de luna llena es cuando éste pájaro nocturno entona su triste melodía que va así: "Auju, ju, ju, ju, ju." Auju es el nombre de la esposa de Nantu quién al caer de la liana escalera de mono se convirtió en ave.

Potoo Bird *(Nyctibius griseus)*

This night time bird sings its sad song, "Auju, ju, ju, ju, ju" only on the night of the full moon. Auju is the name of Nantu's wife, who turned into the Potoo bird after she fell from the monkey ladder vine.

La Cerámica

Las mujeres fabrican piezas de alfarería de arcilla nuwe de las orillas de los ríos y riachuelos. Luego pintan diseños geométricos usando esmaltes de color hechos de plantas, tal y como Auju lo hizo. Todas sus piezas de alfarería se encuentran hechas de rollos de arcilla que juntan y alisan para después cocerlas sobre el fuego.

Pottery

Women make pottery from nuwe clay that they dig along rivers and streams. Then they paint it with geometric designs using colored glazes made from plants, just like Auju did. All pottery is made from coils of clay smoothed firmly together and then baked over an open fire.

La Selva Tropical

La selva amazónica es el ecosistema biológicamente más diverso del planeta. Es el hogar del número más grande de especies de plantas, animales, aves e insectos en el mundo entero. Lo cálido de sus temperaturas, sus aguaceros torrenciales y su alta humedad son aspectos característicos de la selva tropical. Los Achuar viven en la selva, dependen de ésta para su sustento diario y para sus necesidades espirituales.

Rainforest

The rainforest is the most biodiverse ecosystem on Earth. It is home to the greatest number of species of plants, animals, birds, and insects on the entire planet! Constant warm temperatures, heavy rainfall, and high humidity characterize a rainforest.

The Achuar people live in the rainforest. They depend on it for all of their daily and spiritual needs.

Los Ríos y Riachuelos

Los ríos y riachuelos son la fuente natural de agua para beber y pesca para los Achuar. Deslizándose en canoas hechas a mano, los Achuar usan los ríos de la manera en que nosotros usamos las carreteras para desplazarnos de un lugar a otro.

Rivers and Streams

From the rivers and streams, the Achuar get water to drink and fish to eat. Paddling homemade canoes, the Achuar use their rivers as we use roads—to travel from one place to another.

El Traje Típico

En el pasado, los hombres Achuar usaban el itip, una pieza hecha de tela tejida a mano que se la enredaban a la cintura. Las mujeres tejían sus ropas con rayas de muchos colores en un telar pequeño.

Traditional Dress

In the past, men wore an itip, a length of hand-woven cloth wrapped around their waists. Women wove this cloth with stripes of many colors on a small loom.

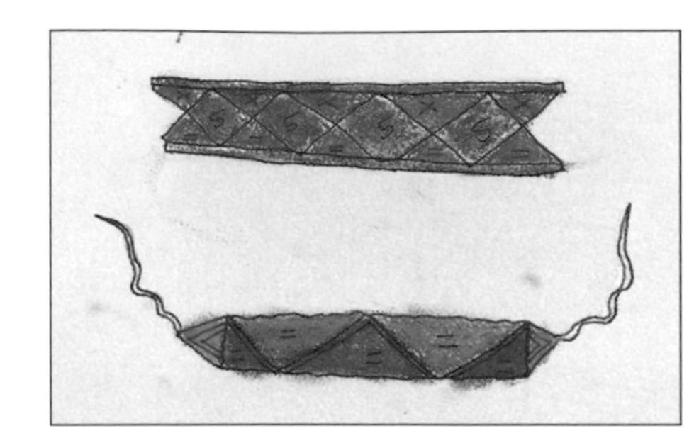

La Vivienda Tradicional

La casa de los Achuar es sostenida por postes de madera. Hechos de palmas entrelasadas con lianas, los techos les proveen de protección contra la lluvia y pueden durar hasta quince años antes de deteriorarse.

La casa misma se encuentra dividida en dos áreas: El área de los hombres llamada tankamash y la usan los hombres y los visitantes; el área de las mujeres llamada ekent, la usan las mujeres y los niños. Las mujeres también cocinan en el ekent, el mismo lugar donde, según la leyenda, Nantu se escondió para espiar a Auju.

Typical House

Hardwood poles hold up the roof of an Achuar house. Thatched with palm leaves bound together with vines, this roof provides protection from rain. It can last as long as 15 years before it deteriorates.

The house itself is divided into two areas: the men's area, called the tankamash, is used only by men and visitors; the women's area, called ekent, is for women and children. Women also cook in the ekent, the same place where Nantu hid on the shelf to spy on Auju.